MW00962841

1+1=2
4+4=8
2+2=4
4+4=8
1+1=2
4+4=8
2+2=4
2+2=4
1+1=2
1+1=2
4+4=8
2+2=4

1+1=2
2+2=4
4+4=8
1+1=2
2+2=4
4+4=8
4+4=8
1+1=2
2+2=4
2+2=4

Catalogage avant publication de Bibliothèque et Archives Canada

Litwin, Eric
[Dance party countdown. Français]
Un, deux, trois, disco! / Eric Litwin, auteur ; Tom Lichtenheld, illustrateur ; texte français d'Isabelle Allard.

(Joe Rigolo)
Traduction de: Dance party countdown.
ISBN 978-1-4431-6546-4 (couverture souple)

I. Lichtenheld, Tom, illustrateur II. Titre. III. Titre: Dance party countdown. Français.

PZ23.L584Un 2018 j813'.6 C2017-906103-8

Édition publiée par les Éditions Scholastic, 604, rue King Ouest, Toronto (Ontario) M5V 1E1.

5 4 3 2 1 Imprimé au Canada 119 18 19 20 21 22

Conception graphique : Tom Lichtenheld et Patti Ann Harris

MIXTE
Papier issu de sources responsables
FSC® C103113

Merci à Glen, Lissa et Melvin, une famille rigolote. — E.L.
Pour Arlo. — T.L.

Joe Rigolo

Un, deux, trois, disco!

Eric Litwin

Illustrations de
Tom Lichtenheld

Texte français
d'Isabelle Allard

Éditions
SCHOLASTIC

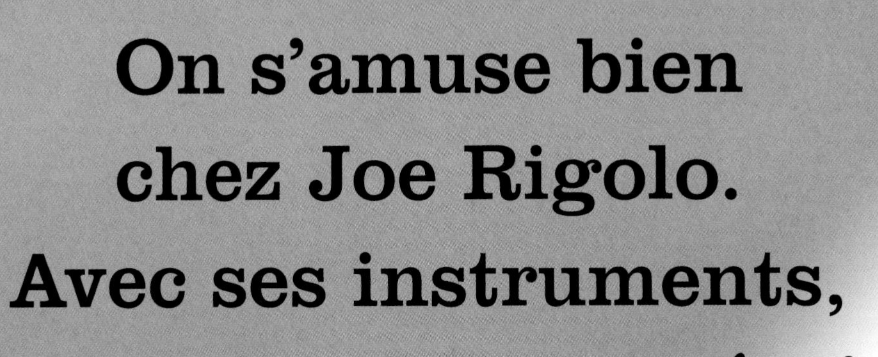

On s’amuse bien
chez Joe Rigolo.
Avec ses instruments,
il fait tout un numéro!

Il joue avec entrain :

DISCO DISCO
OUAF OUAF !
DISCO DISCO
HOURRA !

Toc!
Toc!

Un!
Qui est là?
Un quoi?

Un chien de plus
pour jouer avec toi!

Combien
de chiens
sont là?

Il y a moins de place avec
deux chiens.
Est-ce que Joe s'en plaint?

Pas du tout!

Il joue avec entrain :

TOC! TOC!

Qui est là?
Deux!
Deux quoi?

Deux chiens de plus
pour jouer avec toi!

Il y a moins de place avec
quatre chiens.
Est-ce que Joe s'en plaint?

Pas du tout!

Il joue avec entrain :

DISCO DISCO
OUAF OUAF!
DISCO DISCO
HOURRA!

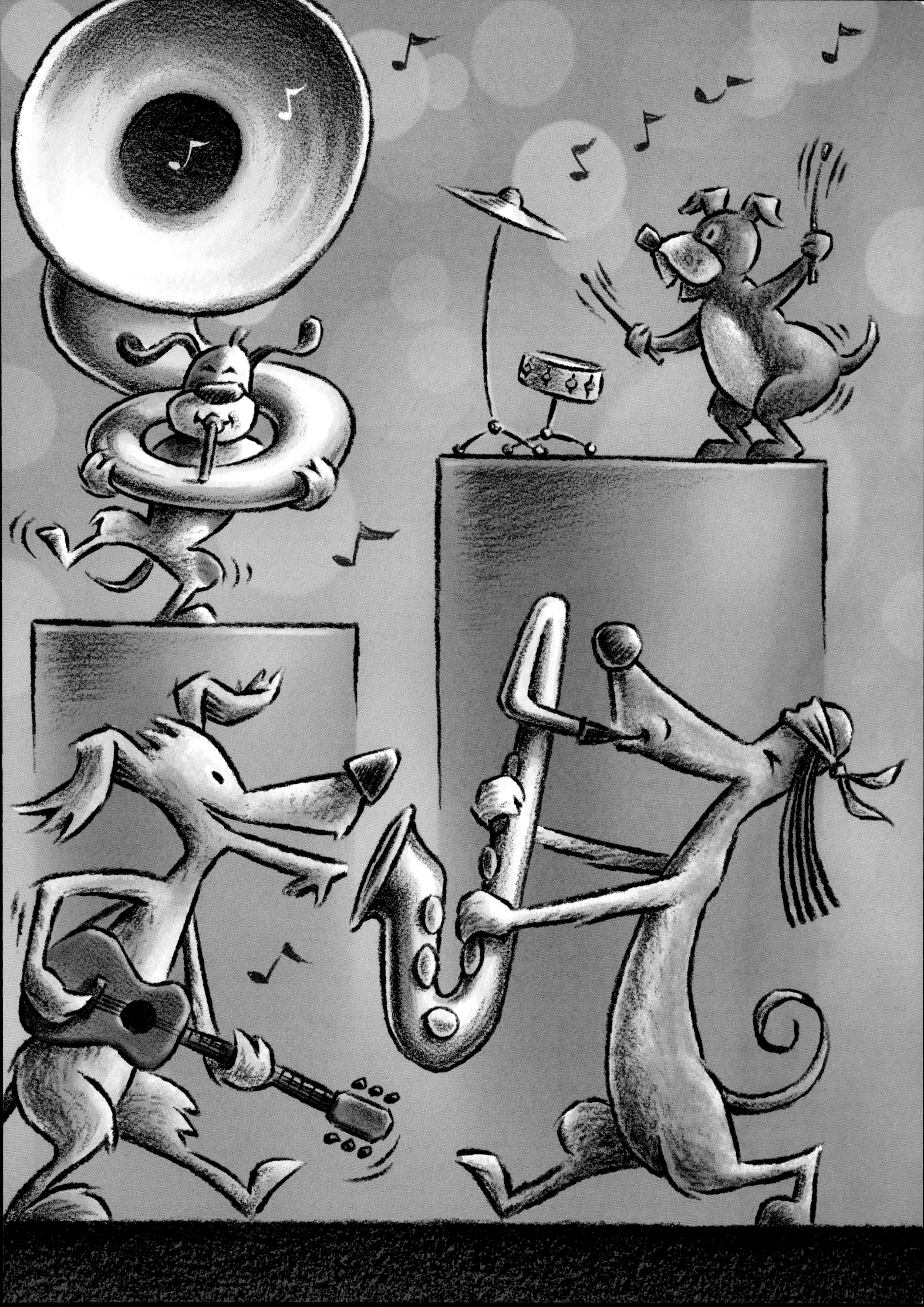

TOC!
TOC!

Qui est là?
Quatre!
Quatre quoi?

Quatre chiens de plus
pour jouer avec toi!

Combien de
chiens sont là?

Il y a moins de place avec
huit chiens.
Est-ce que Joe s'en plaint?

Pas du tout!
Il joue avec entrain :
DISCO DISCO OUAF OUAF!

DISCO DISCO
HOURRA!

La pièce
est pleine à
CRAQUER.

Tout le monde
tape du pied.

Mais Joe dit qu'il manque un invité.

De qui peut-il bien parler?

TOC!
TOC!

Qui est là?
Un invité!
Un
invité
de qui?

De Joe! Il t'invite, TOI, à venir jouer avec lui!

Tu es invité

à une

FÊTE DISCO!

OÙ : CHEZ JOE
QUAND : MAINTENANT!
APPORTE : TES SOULIERS POUR DANSER!

Es-TU prêt à danser?
Es-TU prêt à t'amuser?

Cette histoire est
presque terminée.
Mais la fête ne fait
que commencer!

Tous les chiens font
leur numéro :
DISCO DISCO
OUAF OUAF !
DISCO DISCO
HOURR

car ils savent qu'avec
Joe Rigolo...

on n'est jamais
trop nombreux!

1+1=2
4+4=8
2+2=4
4+4=8
1+1=2
4+4=8
2+2=4
2+2=4
1+1=2
1+1=2
4+4=8

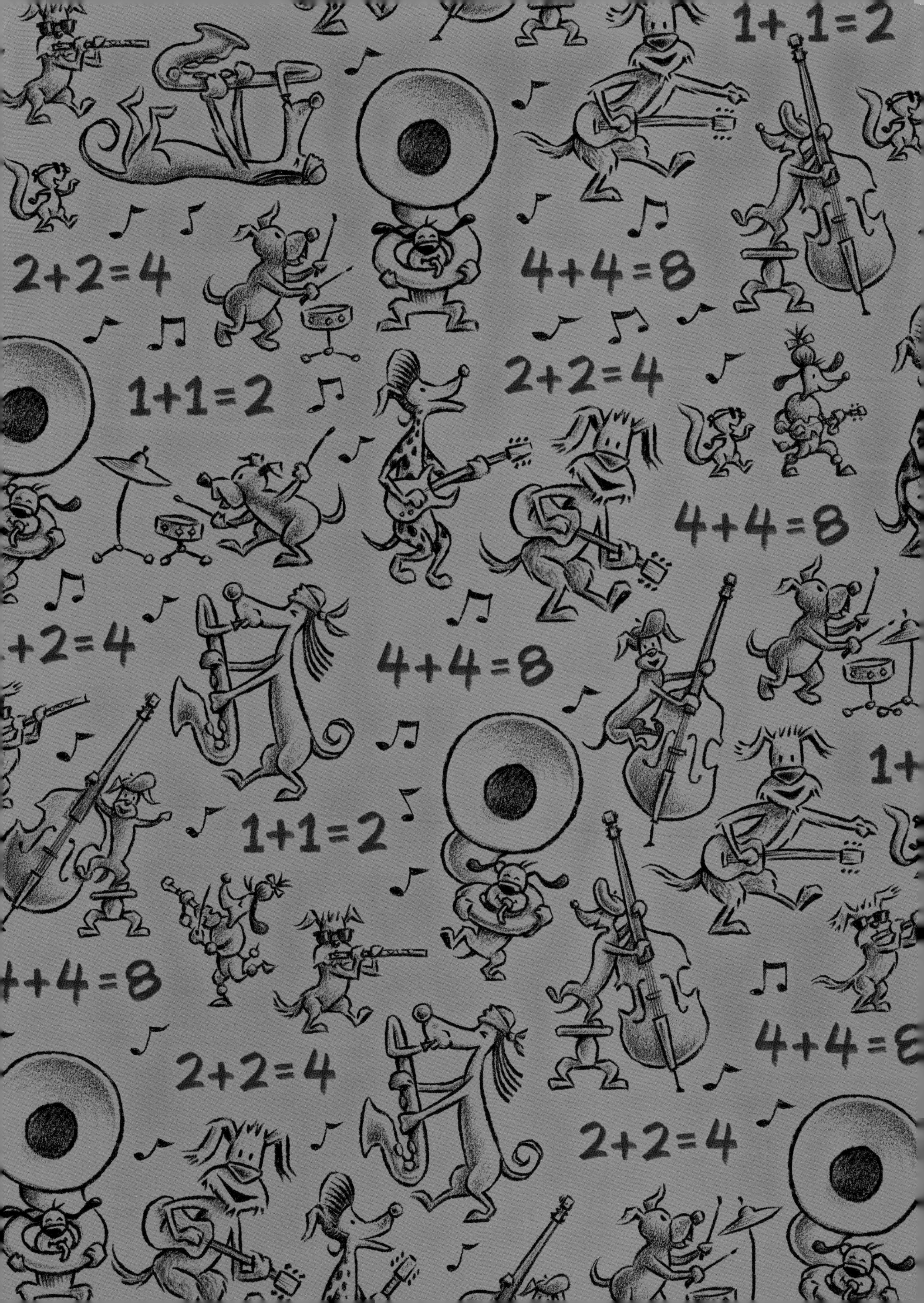
1+1=2
2+2=4
4+4=8
1+1=2
2+2=4
4+4=8
4+4=8
1+1=2
2+2=4
2+2=4